春の旅人

Travelers in Spring

村山早紀＋げみ

立東舎

目次

Contents

初出一覧
花ゲリラの夜：初活字化
春の旅人：「日本児童文学」1996年4月号（日本児童文学者協会）※初出時タイトル：春の伝説
ドロップロップ：『ドロップロップ』（佼成出版社、2009年）

The Night of Flower Guerrilla

花ゲリラの夜

寒い日だった。

あたしは灰色の空の下、ポケットに手をつっこんで歩いた。学校帰りのアスファルトの道も、暗い灰色に見えてうっとうしかった。

もくもくと歩いてうちに帰ったら、母さんとちびの弟は、街に買い物にいってて、るすだった。部屋の中はがらんとしていて、外より寒い。

寒い。寒い。寒い。遭難しそうに寒かった。――今日だけは、うるさい弟でもうちにいてほしかったのに。

と、かたんと二階で音がした。人の気配。

「さゆりさん、部屋にいるんだ！」

あたしは、階段を駆けのぼった。

うちは古い木造のアパートで、代々、二階の部屋を学生さんに貸している下宿やさんなんだ。もっともそれは母さんの実家の仕事で、父さんは会社に

働きにいってるんだけど。で、今年は三人、学生さんをあずかってて、そのうちのひとりがさゆりさんだった。

毎年、今の時期——二月になると、学生さんたちは大学での勉強が終わっちゃって、旅行にいったり、一度故郷に帰ったりして部屋にいなくなる。でもさゆりさんだけは卒業の日まで部屋にいるって約束してくれてた。

部屋の木のドアをノックする前に、さゆりさんは、ドアを開けてくれた。

「どうしたの？　里奈ちゃん、すごい勢い」

笑顔が、今日はひときわ美人に見える。

「だって、遭難しそうだったんだもの！」

あったかい部屋だった。観葉植物とかいろんな花とか、緑がいっぱい部屋にあって、葉っぱを広げて枝をのばしたり、花を咲かせたりしてる。ほわあ、とあたしは息をついた。

さゆりさんは大学で、植物を育てたり増やしたりする勉強をしていた。春からは、この街を離れて、遠くの街の大学の、大学院にゆく。

今までも、仲がよくなった学生さんたちとおわかれする季節にはいつも悲しかったけれど、さゆりさんがいなくなるのは今までのいつよりつらい。緑でいっぱいのこの部屋、あがりこんでおしゃべりやトランプをしたここも、春には空部屋になってしまうんだ……。

のどがきゅうっと痛くなって、いれてもらったあったかいココアが、飲めなくなった。

「どうしたの？　体の具合でも、悪いの？」

さゆりさんが、あたしの顔をのぞきこむ。

「里奈ちゃん、今日はずいぶん静かだよ。学校で、なにかいやなことでもあった？」

ぎっしりと本がつまった本棚がある。床にも本の山。外国語の本も混じってる。だいたいがバラに関する本だって聞いた。さゆりさんの専門は、バラの花の研究なんだ。

そういえばさゆりさんて、バラに似てる。

あたしはだまってココアを飲んだ。今日のことは話せない。きっときらわれるもの。ココアは熱くて、にがかった。

下で物音がした。弟の声も。

「――あ、母さん、帰ってきたみたい」

あたしがたちあがると、さゆりさんが、

「今夜、〝花ゲリラ〟にいこうと思うけど、いっしょにいかない?――いくよね?」

早く部屋から出たかったので、つい、うなずいてしまった。

階段を下りながら思う。さゆりさんは本当にバラに似ている。強くて。きれいで。あたしとはまるでちがうの。

弱くてばかな、あたしとは。

花を盗む人のことを、花どろぼうという。じゃあ〝花ゲリラ〟っていうのはなにかというと、公園や空き地やよその家の庭なんかにこっそり花の種をまいたり、球根を植えたりする人のことをいうんだと、前にさゆりさんから教えられた。ないしょの種や球根からは、季節になったら芽が出て花が咲く。街の人たちがそれを見てびっくりしたり喜んだりするのを見るのが花ゲリラたちの楽しみなんだ。
さゆりさんはいつもポケットに花の種や小さな球根を隠し持っている。散

歩のふりして街を歩く。そうしてよその家の塀の上から、花さかじいさんみたいに種を庭へまく。何回かついていったけど、犬に吠えられたりして、スリリングでおもしろかった。それになにより、あとで咲いた花を見にゆくって楽しみもある。

駅前商店街の裏の、さっぷうけいだった線路沿いの道ね、あそこが花畑みたいになったのは、あたしとさゆりさんのしわざなんだ。

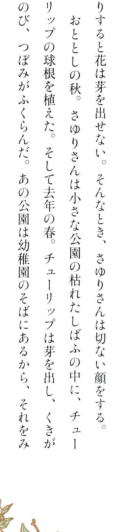

もちろん、不幸にも咲きそこなう花もある。さゆりさんはじょうぶな品種を選んでいるんだけど、それでもひどく暑い夏になったり、急な寒さが来たりすると花は芽を出せない。そんなとき、さゆりさんは切ない顔をする。

おととしの秋。さゆりさんは小さな公園の枯れたしばふの中に、チューリップの球根を植えた。そして去年の春。チューリップは芽を出し、くきがのび、つぼみがふくらんだ。あの公園は幼稚園のそばにあるから、それをみ

つけた小さい子とか先生が喜んで、チューリップの歌なんかうたうのを、あたしとさゆりさんはくすくす笑いながら見てたんだ。

もうじきつぼみが開くっていう日、春の嵐がきた。

夜、さゆりさんがいつまでも帰ってこないので、あたしはまさかと思って懐中電灯を持って公園にいってみた。——いた。

すごい風で電線が鳴って、どこかのかんばんが吹きとんで、たたきつけるみたいに雨が降る真暗な夜、さゆりさんはチューリップの上にダンボール箱をかぶせて、それをとばないように、必死で押さえつけていたんだ。

あたしに気づくと、さゆりさんは怒った。

「あぶないから、帰りなさい！」

あたしは風にとばされないように、ジャングルジムにしがみつきながら、さけんだ。

「でも、でも、さゆりさんが心配だもん！」

さゆりさんは笑った。そうしていった。

「花は、咲くために生まれてくるんだよ。そうして咲かせてあげるのは、種や球根を植えた人の――わたしの責任なの。わかってね」

風が夜が、怖かったから、あたしはいわれるまんまに家に帰った。――でも、さゆりさんはその晩、ずっと公園にいたんだと思う。

嵐が去った朝、チューリップは咲いた。街の人たちは、なんにも知らないで、きれいねかわいいねっていっていた。さゆりさんはにこにこ笑いながら、それを見ていた。たまにくしゃみしたりしながら。

あたしには桃子ちゃんっていう親友がいる。

うさぎみたいにかわいい優しい女の子だ。

でも、運の悪いことに、クラスのいじめっ子の女の子に、桃子ちゃんはきらわれた。なぜきらわれたのか、あたしにはわからなかった。

——たぶん、あの子があんまりかわいくて優しいのが気に入らなかったんだと思う。

いじめっ子の子とその友達から始まったいじめがクラス中に広がるまでには、あまり時間がかからなかった。あたしはそれでも、なんとか桃子ちゃんの友達でいようとした。

でも、今日、あたしは桃子ちゃんが話しかけてきたのを無視した。昼休みはあの子をさそわずに、自分だけ他の子と校庭であそんだ。

だって、ぎりぎりだったんだよ。あたしまで、いじめられそうになってきていたから……。

下校のとき、桃子ちゃんは一人でランドセルをしょって帰っていった。あたしをふりかえって、小さい声で、「ばいばい」っていった。悲しそうな笑顔だった。あたしは気がつかないふりをした。

さゆりさんだったら――さゆりさんがあたしだったらきっと、友達をうらぎらないのに。チューリップを嵐からかばったみたいに、桃子ちゃんのそばからはなれないよ、きっと。

でも、あたしは、怖がりのばかだから。

晩ごはんのあと、コートを着て、あたしはさゆりさんといっしょに外へ出た。さゆりさんは大きなリュックをしょっていた。そうしてずんずん町外れのほうへと歩いてく。

「ねえ、どこへゆくの？　さゆりさん……」

本当はどこにもいきたくなかった。今夜は風が寒いし。でも、うちにいるのはもっといやだった。いろんなことを、考えるから。

長いこと歩いて、ついたところは、街を見下ろす丘の上にある、古い洋館の前だった。人が住んでいないのか、しんとしている。

「ねえ、さゆりさん、ここって……〝おばけ屋敷〟じゃない？」

あたしはぞっとした。うわさで聞いたことがある。このへんに幽霊屋敷があるって。うん、きっとここだ。街灯が暗くてよく見えないけど、枯れたつるバラに囲まれた屋敷。まるで『眠り姫』のいばらみたいに、つるバラが屋敷の塀にぐるぐるにまきついてる……。

「そういううわさはあるみたいだね」

さゆりさんはリュックから、大きなハサミや麻ひもを出し、園芸用の皮の手袋をした。

「――でもちがうよ。ここの家の人はちゃんと生きてる。今は入院してるけ

どね。春になったら帰ってくるよ。バラが咲くころにはね」

さゆりさんはつるバラの枝をハサミで切りはじめた。かなりすごい勢いで切ってゆく。

「な、なにしてるの？　さゆりさん」

「剪定っていってね。二月にこれをやらないと、バラの花はきれいに咲かないの。古い枝を切り落として、新しく生まれかわらせるのね」

「よそのうちでしょ？　ここ……」

「花ゲリラには関係ありません」

「ど、どろぼうとまちがえられたら……？」

「大丈夫だよ、このへん、人どおりないから」

知らない道は暗かった。風は本当に寒かったし、さゆりさんはよそのうちのバラの枝を切っちゃう。あたしは不安で涙が出てきた。

「怖がりだなあ、里奈ちゃんは」

さゆりさんが笑った。

そのときだった。あたしは思わずいっていた。泣きながら。

「怖がりだもん。情けないんだもん」

今日のことを、全部話してしまった。

さゆりさんははさみを使いながら、いった。
「わたしね、小学生のころ、このへんに住んでたんだ。すぐに遠くの街にひっこしたんだけどね。
そのころここは、花でいっぱいのお屋敷で、女の人がひとりで暮らしてたんだ。子ども好きで優しい人でね。庭いっぱいに花を咲かせて、花を見た人たちがしあわせそうになるのを見るのが楽しいの、っていってた。花ゲリラ

は、その人から教わったんだ。わたしは、うちや学校でいやなことがあっても、この家の花園に来たら、いつでも元気になれたんだ。

だけど、学生になってここに戻ってきて、そしたら、この家はこんなふうになってた」

ばさりとさゆりさんは枝を落とす。

「だからバラを咲かせてあげたいんだ。あのころ、このバラの木が、一番見事だったから」

さゆりさんはふりかえって、いった。

「——里奈ちゃん、わたしはあなたが思うような強くて優しい人じゃないよ。小学生のころは、友達を守れなかったことも、いじめたことも、ある」

「うそだよ。そんなこと、ないよ」

さゆりさんは、優しい目をして、いった。

「むずかしい話かもしれないけど――あのね、人は誰かを好きになるとき、自分がなりたい姿をその誰かに重ねてみてるんだ。本当のその人じゃなく、自分の心が作りだした空想の、幻の姿にあこがれてるの。だから、里奈ちゃんがわたしがバラの花みたいに強いって思うなら、里奈ちゃんの心が〝わたしはバラみたいな人になりたい〟って、思ってるってことなんだよ。そんな姿を夢見てるってことなんだ。

もう少ししたらきっとわかるよ。人間はね、みんなそうなんだ。誰かにあこがれてあんなふうになりたいって思って、いつかその人を、その人の姿の幻をおいこしてゆくんだ。

そうして、おとなになってゆくんだよ」

さゆりさんは、ほほえんだ。

「いつかきっと、里奈ちゃんは、本当にバラの花みたいな人になるよ。――

きっとね」

帰り道、ふたりで手をつないで歩いた。さゆりさんはあたしよりずっと背が高い。あたしが大学生になったとき、こんなに背が高くなってるかな。

さゆりさんの言葉の意味は、あたしには、よくわからない。――ただひとつ思うのは、子どものころのさゆりさんはいじめをひょっとしてしたかも知れないけど、今のさゆりさんは人をいじめたりしないだろうってことだ。

桃子ちゃんのうちの前を通りかかった。桃子ちゃんは眠れないのか、部屋の明かりがついていた。あたしはさゆりさんから球根をもらった。もう花芽がついているクロッカス。

家の前の道ばたの街路樹の根元の土を、そっと掘ってうめた。大事に大事

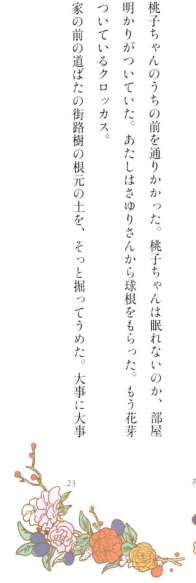

に、うめた。

桃子ちゃんが、いつか、この花に気づいて、しあわせになってくれるように。

あたしは明日はたぶんまだ、桃子ちゃんに話しかける勇気はない。あさってても自信がない。でも、クロッカスの花が咲いたら……。

いつか、花が咲いたら。

Travelers in Spring

春の旅人

四年生になったばかりの、その日。

ぼくは、丘の上のゆうえんちにいくことにした。友達のうちにあそびにいった帰り、バス停でバスを待っているうちに思いついたんだ。

ゆうえんちいきのバスに乗るころにはあたりはまっくらだった。こんな時間にゆうえんちにいったって、中に入れないってことくらい知っている。けれど、ぼくはせめて、そのそばにいってみたかったんだ。

バスを下りると、目の前に「ようこそ、丘の上ゆうえんちへ！」ってかいたかんばんがたっていた。ずっと前にお母さんから聞いたとおり、へたくそなウサギの絵がかいてある。そして、遠くに、さくと塀にかこまれて、古いゆうえんちがあった。

じゃりをふんで近づいていくと、あかりのついていないゆうえんちは、思っていたより大きかった。かんらんしゃやジェットコースターのレールが

黒くかげになっていて、ちょっとホラーえいがみたいだった。

こんなじかんにこんなところにいるのはぼくひとり。

さすがにこわかった。――少しだけね。

このゆうえんちは、もうすぐなくなってしまうんだ。きかいがふるくなってあぶなくなったし、あんまりおきゃくさんもこないから、とりこわしてしまうことになったんだそうだ。あとはたしか自然公園になるとかいっていたな。その話を、ぼくは今日友達のうちで聞いて、それでなんとなくきてみたというわけだ。

ぼくは、ここにはうんと小さいころに一度きりしかあそびにきたことがない。となりまちに大きなゆうえんちがあって、そっちのほうがだんぜんおもしろいからだ。

でもむかし、お母さんが子どものころには、ぼくたちの街の子どもたちは、

みんなこのゆうえんちにあそびにきたんだって。かんらんしゃとジェットコースターとメリーゴーラウンド。みっつしかあそぶものがなくても、すごくたのしかったんだってさ。

しまってる鉄の門に近づいて、あいだから中を見た。ゆうえんちはあちこちについたあかりにぼんやりとてらされて、しんとしずまっていた。ぼくはしみじみそれを見ていたんだけど、そのうちあきてきた。帰ろうかなって思ったとき、門が開くのに気づいた！

門にはかぎがかかっていなかったんだ。

どうしてだろうって思ったけど、やったって気持ちのほうがつよかった。古い門をぎいっと開けて、ぼくは中に入った。

だれもいないゆうえんちはしいんとしている。地面にしかれた古いれんがはぼくの足音を、へんにひびかせた。あかりがともっているところに近づくと、ぼくのかげがながくうつって、そうして遠ざかるうちにすうっと消えてゆく。ぼくはいつかぼうけんをする人のように、息をひそめ、こしをかがめてあるいていた。

ジェットコースターやかんらんしゃのかげは、ほろびたきょうりゅうたちの骨みたいだった。今にも、うおーっとか、ほえそうだ。はくりょく、って感じだった。

めずらしいものがあるわけでもなかったんだけど、せまいはずのゆうえんちが広く見えるのはなぜだろう？　ぼくはしんぞうがどきどきした。その夜だけでしんぞうがおかしくなってしまいそうなほどに、ぼくはどきどきしつづけてあるいた。

びっくりハウスらしいたてもののそばを曲がったとき、そしてぼくは、さいこうにどきっとした。――人がいたんだ！　おじいさんがひとり、空を見上げてたっていた。

そこにはたくさんのあかりがともっていた。桜なみきがあったんだ。桜の花たちはまるで氷の花をさかせているようにとうめいにきらきらひかって見えた。おじいさんは桜の木の下で、なにかをまっているようなひょうじょうで、上を見ていた。

そのひょうじょうは、なんだかとてもだれかににていてなつかしかったんだけど、ぼくはおばけを見たと思ったから、きゃっとさけんで、もうすこしで地面にすわりこんでしまうところだった。

するとおじいさんは、びっくりしたようにふりかえって、

「おや、きみはなんだね？」

と、きいた。

おじいさんは、おばけには見えなかった。すくなくともおばけは、そんなことをきかないだろう。

「門が――あいてたから……」

ぼくがもごもごこたえると、おじいさんはわらってあたまをかいた。

「しまった。かぎをかけわすれたか！　ゆうえんちにつとめて四十五年、かぎをかけわすれたことだけはなかったんだが、子どもたちのいうとおりだ。年にはかてないなあ……」

最後の方はひとりごとみたいだった。わらっていても、ちょっとかなしそうだったので、ぼくはいった。

「おじいさんはあんまりふけてないです」

なぜかおじいさんはいよいよわらった。

ああ、とぼくは気づいた。去年死んだいなかのおじいちゃんににてるんだ、

この人。おじいちゃんもこんなふうに、たのしそうにわらうひとだった。

なつかしかったので、ぼくはつい、きいてしまった。

「ここで、なにしてたんですか？」

「星を見てたんだよ」

「星？」

桜の花がおたがいに手をつないだように咲いているその枝のあいだに、こんやはめずらしいくらいきれいに星が光っていた。ここは丘の上だから、街で見るより星が近い気がする。目を下に向けると、街の夜景が、こっちは星よりも派手に光っているのが見えた。

「天体観測がしゅみなんですか？」

ぼくのおじいちゃんもそうだった。

「にてるけど、ちょっとちがうな」

おじいさんはふふっとわらった。

星空を指さして、

「わたしはね。もうじきあの空のかなたから、とんでくるものをまってるんだ」

「すいせい?」

「いいや」

「じゃあ、UFO?」

「みたいなもんだな。――亀だ」

「ええ?」

「空をとぶ亀が、今夜たくさんこの街にとんでくるんだ。宇宙の亀なんだ」

「えええ?」

そんな……かいじゅうえいがじゃあるまいし。ぼくはおじいさんの顔をまじまじと見つめた。おじいさんはぼくの顔を見て、ぼくのおじいちゃんににた笑顔で笑った。

「〝宇宙人〟がいるんなら、〝宇宙亀〟がいたって変じゃないだろう?」

「それは――そうだけど……」

ぼくは宇宙人は信じている。死んだおじいちゃんからよくそういう話を聞いたからだ。ぼくのおじいちゃんは話し好きで、科学やSFなんかも好きで、夏休みにあそびにいくたびにそんな話をしてくれた。

おじいさんは空を見上げた。

「北極星の方角から帰ってくるんだそうだ」

ぼくは北斗七星をさがした。それをきじゅんにさがせば――ほら、北極星は、北の空にすぐに見つかる。空の上で一晩中かがやいて、しずまない星、北極星――。

そっちの方角には、まだなにも見えなかった。UFOも、もちろん、空とぶ亀も――。

「亀たちは、五十一年に一度、遠い宇宙からこの地球へと帰ってくる。そうしてこの街のこの丘に、卵をうみに来るんだ」

「――卵を？」

砂浜に卵をうみに来る海亀みたいに？

「そうだよ」

おじいさんはうなずいた。

「銀河系の中の、太陽系第三惑星の地球の、この場所で生まれて、そうしてまた宇宙へと旅だっていく、そういう亀たちがいるんだ。五十一年に一度、桜の花が咲くころに、亀たちはここへ帰ってくる。卵をうんで……自分たちは死んで……そうしてやがてここの土から、たくさんの子どもの亀が生まれ

て、また宇宙へ旅だっていくんだ。

いつのころからかれらがそうしているのかはわからない。人間が生まれるよりも、ずっとずっと昔からのことかもしれない……」

「その話――本にはのってませんよね？」

「ああ、たぶん誰も知らない話だな」

「じゃあ、どうしておじいさんは、知ってるんですか？」

なんてきいてしまったのは、やっぱりうそっぽいなあとか思ってしまったからだ。

おじいさんはわらって、

「わたしはね、少年時代――きみよりもう少し大きいくらいのころ、その、星から来る亀にあったことがあるんだ」

「ええっ？」

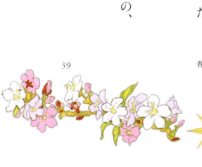

「亀が子どもをうむのにつきそってあげて、死んだあとはお墓を作ってあげた。……そら、その一番大きな桜の木、その根元に丸い石があるだろう？　あれがその亀のお墓さ」

丸い、優しい感じの石が、たしかにそこにあった。

「あれから五十一年。桜の花が咲きだしてから、今夜あたり帰ってくるかなあ、と、ずっとわたしはここへかよっているんだが……」

おじいさんはさみしそうにいった。

「もうすぐこのゆうえんちもなくなってしまうだろう？　そうしてわたしも、ここをやめることになったし、子どもたちのまっているいなかにひっこすんだ。もうこの街にすむことも――五十一年後にまた亀にあうこともないだろう。だからこの春はね、宇宙から来る亀たちにあいたいんだ。――大体今年来る亀は、五十一年前にわたしが卵からかえした子どもの亀たちだからねえ、おとなになったすがたを、帰ってくるところをみたいんだ」

おじいさんはうそをついているようには見えなかった。そうして空を見上げるその横顔のまなざしは、やっぱりぼくの大好きだったおじいちゃんににていて、ぼくは、

「その亀の話、してください」

おじいちゃんにお話をねだったときのような気持ちで、きいてしまった。

「今から五十一年前の春――」

おじいさんはゆっくりと話しはじめた。

「そのころ、日本は戦争をしていた。もうまけはじめていて、この街にもときの国のひこうきがきて、空からばくだんの雨をふらせたりしていた。そうして火事がおきて街がやけたり、人がいっぱい死んだりしていた……」

「うん。学校でもならったし、ぼくのおじいちゃんからもききました。日本もよその国にせめていったりしたんですよね。世界中でたくさんの人が死んだんだ……」

そうだよ、とおじいさんはいった。

「わたしのお母さんも、戦争で死んでね。家ごともえてやけたから、わたしはすむところもなくなってしまったんだ。お父さんは戦争にいったきり、かえらない。わたしはひとりきりとなりの街のおばさんの家にいったんだけど、そこでいじめられてね、けっきょくこの街へもどってきてしまったんだ。そうして近所の人たちから、すこしずつごはんをわけてもらったり、こうえんの池の水をのんだりして、ひとりでくらしていた。

わたしの家があったところは、今はもう、ビルがたっている。ほら丘の下のあのあたりでね――夜になるとね、わたしは黒くこげた家のやけあとで、近所の人たちからもらった古いもうふにくるまってひとりぼっちでねむっていたんだ。春の夜はけっこう寒い。こう、歯がちがちなってくるんだよ。でもぎゅっと歯をくいしばってたえて、もう少ししたら夏になるからって、それだけを思っていたんだよ。

どうしてもねむれない夜に、顔をあげると、この桜なみきが見えた。――この桜たちはゆうえんちがここにできる前から、そう、この場所に立っていたのさ。もとはここは、おかねもちの別荘があったところだったんだ。戦後ここにゆうえんちができることがきまったとき、この桜だけは残したんだぞうだ。

ひとりぼっちで、桜を見上げていると――下から見ると、桜なみきはまるで銀色の雲みたいに見える。さみしくてつらくても、わたしひとりだけが、今、このきれいなものを見てるんだって、そんな宝物をひとりじめしてるみ

たいな、しあわせな気分になれたよ。

そんなある夜のことだ。てきのひこうきがまたばくだんをばらまきにとんできてね、街の人たちはみんなにげたりかくれたりして、わたしにもにげなさいといったけれど、わたしはね、家がやけたやけあとにたったまままもう死ぬなら死んでもいいと思っていたんだ」

ぼくはその時のおじいさんの気持ちがわかるような気がした。——ぼくだって、きっとそんな気分になるだろう。

「ところがだ。地上から日本のへいたいがてらすサーチライトのあかりと、てきのひこうきのあかり、そのうちばくだんのせいで街がもえだす赤いあかりにまじって、大きなほたるみたいな光がいくつも、ふらふらとこっちへとんでくるんだな。こっちへ——桜の花の咲く丘のほうへ。街からあがる煙の中でもはっきり見えた。きれいな……青い光だった」

おじいさんは目をとじた。

「なんだろう、と思ったよ。もえている街の中を、にげているひとのなみにさからって、わたしは桜なみきのほうへはしった。青い光を見上げながらはしった。光は、さいしょは八つくらいも見えたかな？　それがそのうち、ひとつまたひとつと、力なく地面に落ちて見えなくなってしまうんだ。

そうして、桜なみきの中に、ひとつだけの光が、ふわりと下りていった。そこはさっきもいったように、お金持ちの別荘だったんだけれど、その時はひとが住んでいなかった。だからわたしはいけがきのあいだをとおって、その庭の中に入ったんだ。

桜の花にみまもられているようにして、青い光は地面でひかっていた。両手でかかえられるくらいの大きさだった。ほたるみたいにふわふわとてんめつする光だったな。そのせいか大きなあかりでも、どこかこころぼそそうに

見えたんだ。わたしはおそるおそる光に近づいた。その時だ――光がすうっと弱くなった。真暗な庭の中で、ぼんやりと光っていたのは――傷だらけの大きな亀だった。

亀は青白い宝石のようなこうらを持っていた。青白い長い首をして、顔をあげてわたしの顔を見上げた。真っ黒い大きな瞳が、とてもきれいに澄んでいた。亀は泣いていた。そうしてかぼそい声で、わたしにささやいた。

『地球のきょうだい……』

「〝地球のきょうだい〟？」

「ああ、わたしにそうよびかけたんだ。

『この星はいったいどうなってしまったのでしょう？　どうして空に火の雨がふるのですか？　どうして街はもえているのですか？

五十一年ぶりに故郷に帰ってきたのに――星の海をこえて、はるばると苦

しい旅をつづけてきたのに――ああ、わたしのきょうだいたちは、みんな死んでしまった。故郷の丘にたどりつく前に、みんな死んでしまった。ここについたのはわたしひとり……』」

「亀が、そういったんですか？」

おじいさんは少しわらった。

「ああ。わたしもおどろいたよ。だけどねえ、目の前で、こうしゃべられてみるとねえ。信じるも信じないもないだろう？

それよりわたしは、けがしている亀がかわいそうでねえ。だってきれいなこうらのあちこちに血がにじんでいるんだもの。とくに、真横に一文字に入った傷が痛そうだった。わたしは自分の首にまいていたてぬぐいをとると、痛まないようにつばをつけて、こうらにそっとまいたんだ。こうらはひんやりと冷たくて、つやつやしていた。亀は、水晶みたいな涙をぽろっとこぼして『ありがとう、地球のきょうだい』といってくれたよ。

君は、宇宙から来たの、とわたしは聞いた。君も星が好きみたいだけど、わたしもそれはそれは好きだったからね。家といっしょにもえてしまったけれど、手作りの天体望遠鏡を持っているくらいだったんだ。

亀は、自分は北極星の方角から来たのだ、と教えてくれた。そうして、自分たちは、五十一年に一度、この星で生まれて宇宙へと旅立つのだということ、宇宙の星の海の中を、そこに満ちているいろんなエネルギーを食べながら旅をするのだと教えてくれた。『ずうっとずうっと遠い、先祖の時代から、わたしたちはそうしていたのです。同じこの星で生まれた、地球のきょうだい。あなたたちにあうために、あなたたちの元に帰るために、わたしたちは遠い空へと旅をするのです』優しい声は、ほんの少し、わたしの死んだお母さんににていたんだ……。

亀はそして、いそがなくては、というと、桜の木の根元に穴をほりはじめた。傷だらけの前足というのかひれというのか――そういうもので穴をほろうとしたんだ。でも見る見るうちに亀のからだの傷は開いて、こうらにはたくさんの血が流れた。わたしは見ていられなくなって、止めたんだ。もう少し休んで、そう傷がなおるまでは動いちゃだめだって。

けれど亀は、大きな目でふりかえって、わたしにいった。『いそいでほらなければならないんです。わたしは今夜、もう死ぬんです。死ぬ前に深い深い穴をほって、卵をうんで、残さなくてはならないんです』」

「……」

「わたしは亀をてつだって穴をほった。それがもう夜中のことだったろうか。夜が明けるころまでほって、わたしのからだが中にはいれるくらいになったころ、亀はありがとう、といって、穴の中で卵をうみはじめた……」

ぼくはいつかテレビで見た、海亀の産卵を思い出していた。海亀は卵をうんでも死にはしないけれど、でもどうしてだろう、泣きながら卵をうんでいた。

「丸いピンポン玉みたいな卵だった。それがぬれながら青白くきらきらとひかるんだ。穴の中はまるで、宝石箱みたいに、かがやいていた。二十五個卵をうむと、亀は穴の上のほうへと、ふわりとうかんで上がってきた。そうしてそっとそっと、土を卵の上にかけた。うすくうすく、赤ちゃんにはだぎでもきせるみたいに。わたしも少しだけ、てつだった。

穴をもとどおりうめてしまうと、亀はわたしをふりかえった。ぼんやりとひかりながら、ほらそこの、桜の木の下のあたりにうかんで、わたしに優しい声で『ありがとう、きょうだいよ』というと、急にばさりと地面に落ちて、動かなくなってしまったんだ。

朝になって、あたりは明るくなってきていた。目を閉じた亀の姿は、その中で汚れた土のような色にかわってゆき——やがて土そのもののようにくずれていった。わたしは、卵がうまっているその穴のそばに、亀のお墓を作ってあげた。

夜があけてみると、桜の木のそばにあるその別荘は、玄関こそくぎづけになっていて入れなかったけれど、のき下でくらすことはできそうだった。わたしは卵のそばでくらすことにした。卵の番人をしようと思ったんだ。親亀からたのまれたわけじゃない。けれど、卵は一週間めの夜に子亀にかえってまた宇宙へ旅立つと聞いていたから、それまではどうしても卵を守っていてあげたかったんだ。

別荘には番をする人もいなかったから、わたしは安心してここにひっこしてくることができた。そして——七日目の夜。桜の花が、そろそろちりはじめていたころだった。

卵がうまっているあたりの土が、ぼうっとひかった。わたしはどきどきして、そこを見つめていた。するとだ——土がぽこぽこもり上がり、てのひらくらいの、かわいい小さな亀たちが二十五匹、上へ上へと上がってきたんだ。みんな青白くきらきら光っていたよ。それが土の上にでたとたん、うれしいんだろうね、まるでネズミ花火みたいに宙にういて回るんだ。そうして高い声で、きゃっきゃっとわらった。本当に、赤ちゃんみたいなわらいごえだった。子亀たちは、そこに座って見ていたわたしのそばによってくると、お母さん亀と同じ黒い大きな目でわたしのことをじっと見つめて『地球のきょうだい』といった。『こんにちは、地球のきょうだい』みんなで口をそろえて、そういったんだ。

わたしはもうかわいくてねえ。てのひらにのせてやったり、ほおずりをしたり。子亀は子亀でわたしの頭の回りをくるくるとまわったり肩にのろうとしてすべっておちたりするしでおおさわぎだったんだよ。でも、そのうちにね、子亀の一匹がきっと星空を見上げて『わたしたち、いかなくては』といった。そしたらみんな、まっすぐに上を見てねえ。しょうじきいってさみしかった。どこにもいかなくていいのに、と思った。けれど、それをいってはいけないってことが、わたしにはわかっていたんだ。

『さよなら、地球のきょうだい』

そういって、子亀たちは星空へととびたった。それはあの親亀とはちがって、ずいぶん小さな光だった。でも、まっすぐに、まよいなく、星の光のほうに向かって、とんでいったんだ。二十五の光が、まっすぐに」

おじいさんは、今もその光が見えているというように、北の空を見上げた。

「けれどその夜、なんのまえぶれもなしに、またてきのひこうきがこの街の

空にとんできてねえ。今、子亀たちがとびたったその空に、ばくだんの雨をふらせはじめたんだ。わたしは両手をふってね、やめてくれ、ってそうさけんだけれど、街はまたもえあがって、そうして赤く光る空の中に、子亀たちの青い小さな光がきらきらと見えて、そのうちのいくつかは——力つきて下に落ちていったんだ」

おじいさんは目をふせた。

「——だからね、あの時の二十五匹の子亀の、いったい何匹が宇宙へ帰れたものか、わからないんだ。本当は——みんな、死んでしまったのかも知れない。けれどわたしはね、もえる空を見上げて、きっといつか亀は帰ってくると思った。この街の、この丘に。五十一年後の桜の花が咲くころに。その夜に」

「……」

「そうしてやがて、戦争は終わった。わたしのお父さんが帰ってきてくれたから、わたしは別荘をでて、お父さんといっしょにまた街でくらすことになった。わたしはしあわせになったけれど、でも子亀たちのことはわすれることはなかった。

何年かして、若者になったわたしは、この丘にゆうえんちができるということを知った。桜なみきはそのまま残されるときいて、わたしはほっとしたのだけれど、ゆうえんちではたらくひとをぼしゅうしているときいたわたしは、ゆうえんちにいってやとってもらった。桜の丘のすぐそばに、これでずうっといられると思ったんだ。——そうして、四十五年。ゆうえんちが閉園になった先月まで、わたしは毎日ここにかよったんだよ」

おじいさんはやさしくほほえんだ。

ぼくは思い出していた。ううんと小さいころ、たぶんそれがたった一度こ

のゆうえんちにきたときに、やさしいおじさんがいなかっただろうか？　ぼくの手からにげだしたふうせんをつかまえてくれた、にっこりわらってわたしてくれた、それは今より少し若かったころのおじいさんではなかっただろうか？

もしそうじゃなかったとしても、きっとこのひとはあのひとみたいににこにこして、桜の花の咲くこの小さなゆうえんちで、たまに空を見上げたりしながらはたらいてたんだろうなあ、とぼくは思った。

「あの――ここ、公園になっても、桜は残るらしいですよ。だから……」

「ああそうだね。亀たちにはよかったねえ」

おじいさんは優しい目で、街の夜景を見た。この街は戦争でほとんどみんなやけてしまったんだって、ぼくはぼくのおじいちゃんから聞いた。けど、戦後みんなでがんばって、そうして今の美しいしあわせな街にしたんだって。

ぼくとおじいさんは、空を見上げた。桜の花がきらきら光っていた。

そして――。

そしてやがて、北の空に、流れ星がひとすじはしった。青い流れ星だった。

ぼくはおじいさんをふりかえった。流れ星はひとすじで終わらなかった。全部で二十、さあっと空を流れて、そうしてかがやきながら、ぼくらのほうへ、桜の丘のほうへととんできた。

『ただいま、地球のきょうだい！』

ぼくの耳に、そのときたしかに、そんな声が聞こえた。

Droprop

ドロップロップ

ドロップロップ
かんを　ふると　ころん
ドロップス
てのひらに　ころん
きらきら　ドロップス

あかい　いろは
いちごの　あじ
はみがきこの　あまい　あじ
はやおきしたときの
そらの　いろ

はみがき

おしごとに　でかける
ママの　すてきな
リップの　いろ
いってらっしゃーい　いってきまーす

みどりいろは　メロンの　あじ
ごがつの　はっぱの　いろ
パパと　おさんぽした　にちようび
みあげた　そらの　はっぱの　みどり

かえりは　カフェで　クリームソーダ
すこしだけ　おとなっぽいね
みちに　おちてた　びーだまも
みどりいろだった

しろい　いろは
はっかの　あじ
ひこうきから　みた
くもの　いろ

なつやすみ　おじいちゃんちに　いくときに
そらから　みえた　まっしろな　くも
てんしの　はねみたいな　いろ
そらを　はばたく　つばさの　おとが
きこえるような　きがしたよ

だいだいいろは　オレンジの　あじ
おばあちゃんが　おくってくれた
はこいりみかんの　あったかい　いろ

おうちに　ともる　あかりの　いろ
おかえりなさい
そんな　いろ

おたんじょうびの　ろうそくの　いろ
ハッピーバースデイ
まいにちが　だれかの　たんじょうび
ハッピーバースデイ
どこかで　だれかが　うたってる

HAPPY BIRTHDAY

むらさきいろは　ぶどうの　あじ
たそがれどきの　そらの　いろ

あそびに　いった　かえりみち
みあげた　そらに　ほし　きらり
かぜは　つめたい　わたしは　ひとり

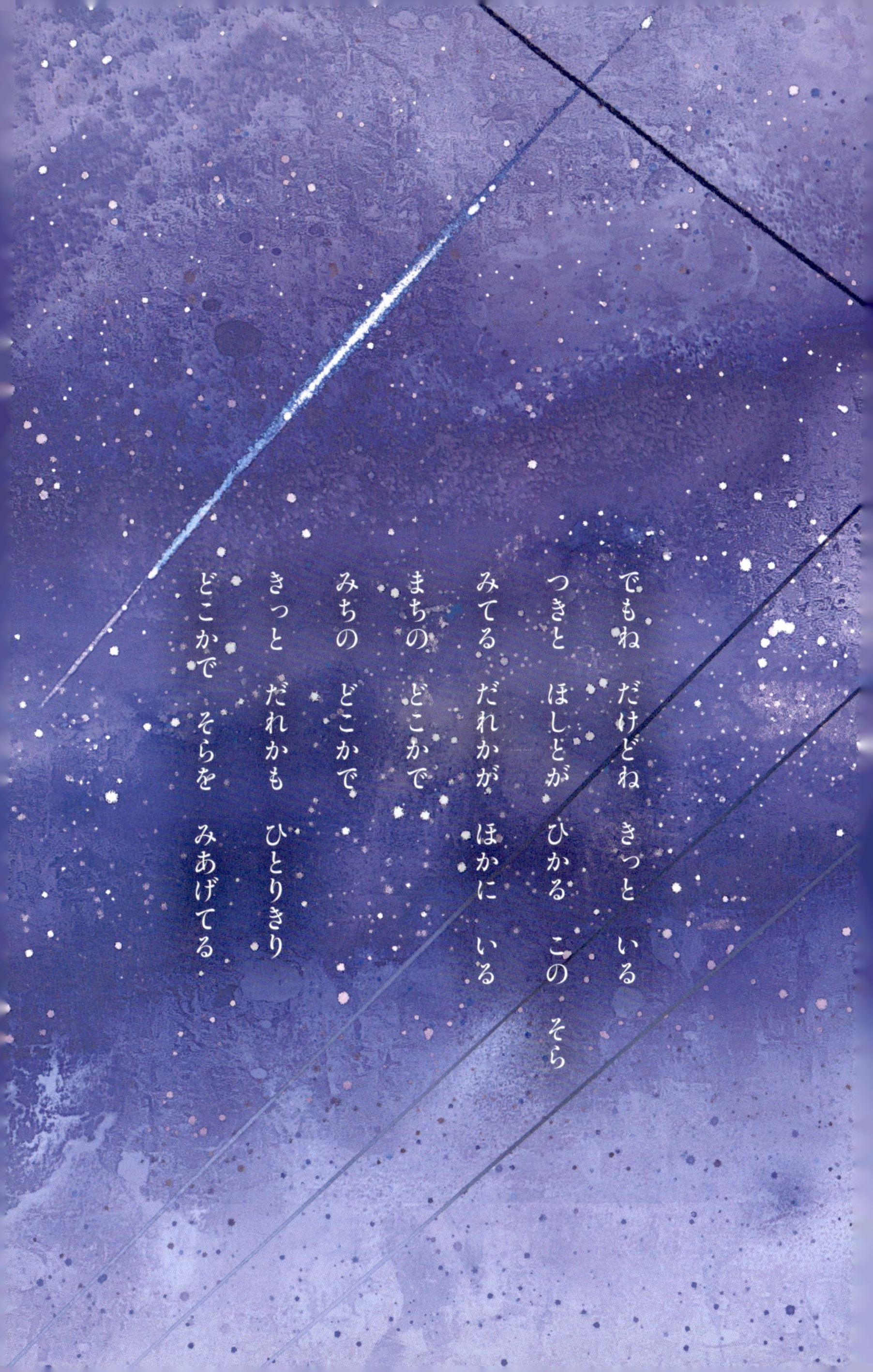

でもね　だけどね　きっと　いる
つきと　ほしとが　ひかる　この　そら
みてる　だれかが　ほかに　いる
まちの　どこかで
みちの　どこかで
きっと　だれかも　ひとりきり
どこかで　そらを　みあげてる

きいろは　レモンの　あじ
ちょっと　すっぱい　きゅんと　する　いろ
たべると　ゆうきが　でてくるのは
きっと　ひかりの　いろだから

ドロップロップ
おはよう　ドロップ
おはよう
おはよう
いってきまーす

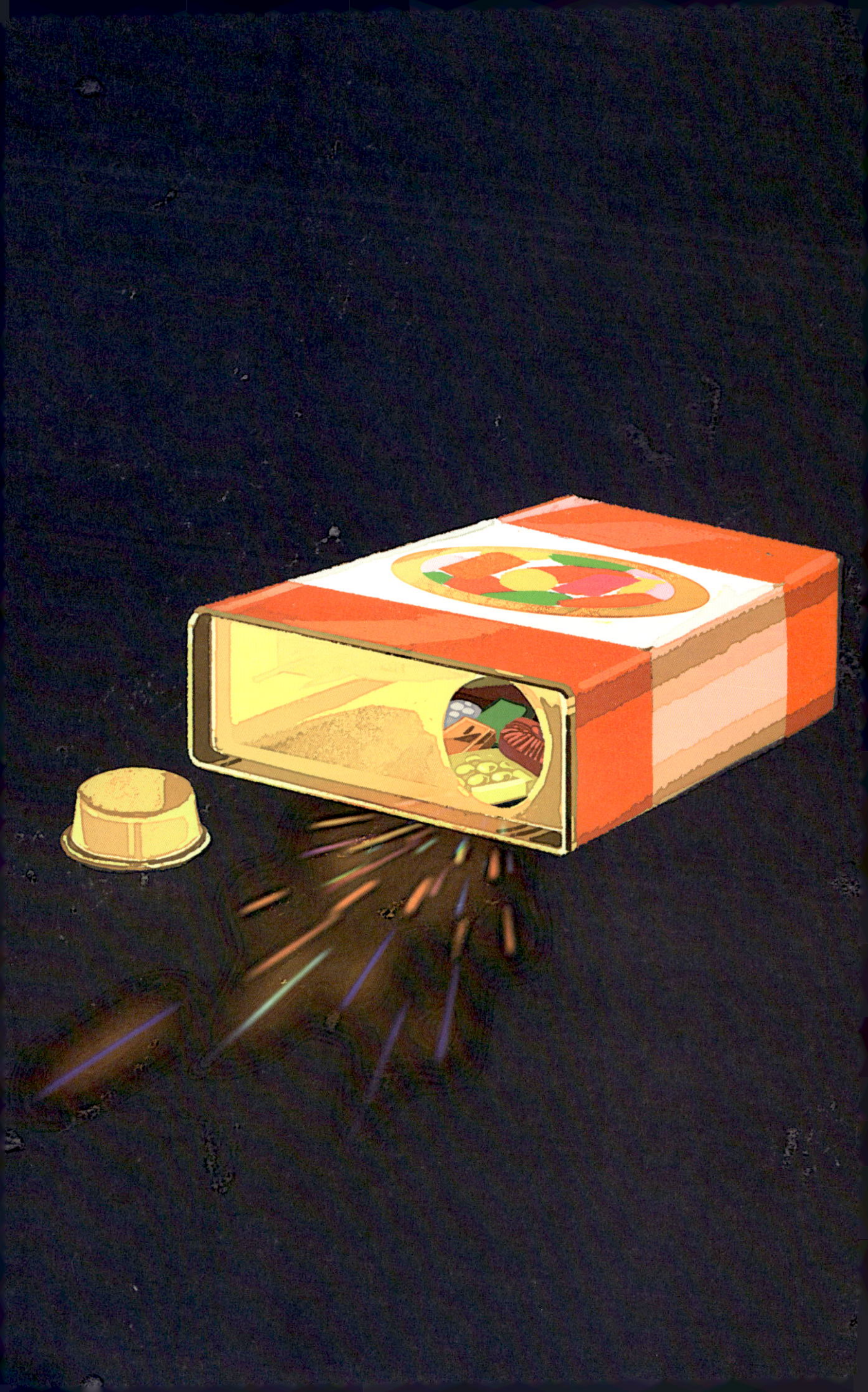

Postscript　あとがき

わたしは基本的には、長いお話を書くことが得手な作家です。実際、そういうお仕事を多く引き受けさせていただいています。けれど短編小説も嫌いなわけではなく、ご依頼があれば、書かせていただいてきました。ただわたしの場合は、短編を書くときは、所属している日本児童文学者協会関係の仕事が多く、良いものを書いても、一般のひとの目にはふれないままに終わってしまうことがほとんどです。絵本の形で出版されて、そのまま消えていった作品もあります。今回、ご縁がありまして、立東舎のKさんにそれら、時の流れの中で埋もれていた作品群の中から、いくつか選んでいただき、げみさんの挿絵に彩られた美しい本を編んでいただくことになりました。

宝石のような色合いの挿絵を得て、こうして本が完成してみますと、いままで忘れられたままになっていた作品たちはこの日のために眠っていたのかと、そんな感慨が。

実は世界一、幸運な作品たちだったのかも知れません。

村山早紀

こんにちは。イラストレーターのげみと申します。この度は『春の旅人』をお手にとっていただきありがとうございます。

立東舎さんから出版させていただいた『檸檬』のトーク&サイン会に村山先生がお越しくださり、その打ち上げの席で、この本の企画が立ち上がりました。

あの日はたまたま僕が「児童書や絵本のお仕事にこれからつなげていきたい」と夢をお話したのですが、なんと村山先生から「私の作品だったら是非」とご提案いただきました。夢を叶えていただいた村山先生をはじめ、編集さん、企画を通してくださった皆様、形にしてくださったデザイナーさん、本当にありがとうございます。

そして、夢をまたもう一つ先の夢へとつなげてくださるのは読者の皆様です。これからもよろしくお願い致します。

げみ

村山早紀（むらやま・さき）

1963年長崎県生まれ。『ちいさいえりちゃん』で毎日童話新人賞最優秀賞、第4回椋鳩十児童文学賞を受賞。『シェーラひめのぼうけん』、『砂漠の歌姫』、『はるかな空の東』、『コンビニたそがれ堂』シリーズ、『ルリユール』、『カフェかもめ亭』、『海馬亭通信』、『花咲家の人々』、『竜宮ホテル』、『かなりや荘浪漫』、『百貨の魔法』、2017年本屋大賞にノミネートされ話題となった『桜風堂ものがたり』など、著書多数。

げみ

1989年兵庫県三田市生まれ。京都造形芸術大学美術工芸学科日本画コース卒業後、イラストレーターとして作家活動を開始。数多くの書籍の装画を担当し、幅広い世代から支持を得ている。著書に『檸檬』（梶井基次郎+げみ）、『げみ作品集』がある。

春の旅人

2018年3月16日　第1版1刷発行

著者　村山 早紀
イラスト　げみ

発行・編集人　古森 優
編集長　山口 一光
デザイン　根本 綾子
担当編集　功刀 匠
発行　立東舎　rittorsha.jp
発売　株式会社リットーミュージック
〒101-0051　東京都千代田区神田神保町一丁目105番地
www.rittor-music.co.jp

印刷・製本　株式会社廣済堂

【乱丁・落丁などのお問い合わせ】
TEL：03-6837-5017 ／ FAX：03-6837-5023
service@rittor-music.co.jp
受付時間／10:00-12:00、13:00-17:30
（土日、祝祭日、年末年始の休業日を除く）

【書店・取次様ご注文窓口】リットーミュージック受注センター
TEL：048-424-2293／FAX：048-424-2299

【本書の内容に関するお問い合わせ先】

info@rittor-music.co.jp
本書の内容に関するご質問は、Eメールのみでお受けしております。

お送りいただくメールの件名に「春の旅人」と記載してお送りください。

ご質問の内容によりましては、しばらく時間をいただくことがございます。

なお、電話やFAX、郵便でのご質問、本書記載内容の範囲を超えるご質問につきましてはお答えできませんので、あらかじめご了承ください。

Printed in Japan　ISBN978-4-8456-3192-6
定価はカバーに表示しております。落丁・乱丁本はお取り替えいたします。